Dica 시집

니가
자동인출기

인지

시간자동인출기

1판 1쇄 인쇄 2019년 8월 10일
1판 1쇄 발행 2019년 8월 20일

발행처 도서출판 문장
발행인 이은숙

등록번호 제2015-000023호
등록일 1977년 10월 24일

서울시 강북구 덕릉로 14(수유동)
전화 02-929-9495
팩스 02-929-9496

ISBN 978-89-7507-081-5

Dica 詩

문장 예술신서 [2]

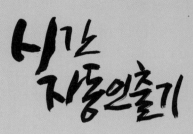

네가는
자동인출기

강만수 시집

도서
출판 문장

시인의 말

여태껏 쓴 詩만으로는 부족해 잘 드러내지 못한 부분들을 보다 선명하게 전달하기 위해. 매우 풀려서 느슨해지려고 하는 나 자신을 바짝 조여 나간다. 그러면서 잠깐 눈앞에 나타났던 現象이라고 할까? 그런 순간순간의 사물들을 디지털 카메라에 쉼 없이 담았다. 그 이유는 이지러진 감정의 결을 바로 잡아 실시간으로 느끼고 싶었던 나 자신의 강한 熱望 때문이었던 것 같다. 瞬間은 흐르고 있다 저 깊은 강물처럼 흘러가고 있다. 저 순간들이 내 안에서 쌓이고 쌓여 나를 만들어 나갔고 그를 만들었으며 우리 모두를 만들었다. 그렇게 카메라에 담았던 사물들을 천천히 새긴 뒤 한 호흡에 휙 내려 쓴 짧은 시로 표현했다. 봄을 보내며 봄을 담았으며 여름을 보내며 여름을 가을을 보내며 가을을 긴 겨울을 보내며 겨울을 담아나갔다. 그러다 또다시 반복 되는 봄 여름 가을 겨울을 맞이하면서 가볍게 다가오는 시간이랄까? 아니 가볍지 않은 무겁게 時時刻刻 변하는 시간을 맞으며 나는 나 자신에게 謙虛해지려고 노력했던 걸까? 그런 물음에 답을 해야만 하기도 했다. 어느 순간엔 그저 입을 다물고서 오랜 시간을 침묵의 시간 속에 나를 밀어 넣고서 묵묵히 그 현실을 견디곤 했다. 그러던 중 하나의 붓처럼 서 있는 사내를 봤다. 그 사내는 거친 사막을 지나서 내게 다가오고 있다 그는 누구일까? 그는 점점 더 가까이 다가오고 있다. 그가 내 앞에 가깝게 다가오면 올수록 거대한 사막은 사라지고 봄이 오고 있다. 그 사내가 걸어온 먼 길들이 보인다. 그가 찍어 놓은 발자국도 함께 보인다. 그가 온 사막을 되돌아 그곳으로 사내는 돌아갈 수 있을까? 잠시 그런 생각이 들기도 했다. 그 형상을 나는 놓치지 않고 카메라에 계속 담아야만 했다. 그 순간 나는 사내의 얼굴에서 時空을 초월해 내 할아버지의 얼굴을 얼핏 봤으며 할머니의 얼굴도 스치듯 봤던 것 같다. 왜? 삶에 지친 할아버지 얼굴과 할머니 얼굴이 떠올랐던 건지? 나 자신도 명확하게 알 수 없었던 건 사실이다. 나는 제대로 걸음도 걷지 못하고 생동감을 느낄 수도 없는 모습보다는 젊고 아름다웠던 얼굴을 그려내기 위해, 과거 기억 속에다 카메라를 들이밀고서라도 셔터를 누르고 싶었다. 두 분의 형형한 눈빛과 오뚝한 콧날 넓은 이마를 담고 싶었던 마음 때문이었던 것 같다. 나는 이곳에 서서 그가 靈感이란 또 다른 이름으로 내 옆에 설 때까지 천천히 그를 기다리고 있다. 그런 뒤 그와 만나 오랜 친구처럼 내 주변에서 서성거리던 무거운 憂鬱感을 밀어낸 뒤 많은 대화를 나눌 것이다. 나 자신의 내면 깊은 곳에서 울려나오는 그간 겪은 이야기를 들어달라고 내 삶의 의미를 그에게 알아달라고 말할 것 같다. 나는 그동안 기 발표한 뒤 수정을 거듭한 시와 함께 신작시를 포함. 몇 번이라도 시간을 돌리고 또 되돌리면서 의식이든 무의식이든 사진으로 표출된 것을 동시에 언어로 표현하기 위해, 늘 안과 밖에 눈길을 주면서 읊조려 왔다. 그런 연유로 지나간 어제와 다가올 내일에 대한 意味를 곱씹으며 빠르게 펼쳐질 一刹那마다 새로운 詩作은 무엇인지? 사진과 시가 한 몸이 될 멋진 순간을 나는 홀로 서서 摸索 혹은 豫感한다.

시가 되어가는 순간이거나. 순간이 영원히 捕捉 될 것 같은 시이거나. 시가 되지 않으면 순간에 충실했다는 소리라도 듣기 위해. 나 자신에게 집요하게 집중했다. 한순간이라도 시를 접을 수 있을 것인지? 아! 끊을 수 없는 중독성으로 다가와, 나를 유혹하는 시에 빠져 허우적거리는 5월 아침에 어쩔 수 없는 恐惶症이랄까? 무언가를 받아들이려고 해도 이런저런 생각들이 내 머릿속에서 마구 지워져 나가는 무력감 앞에서. 오랫동안 버둥거리며 지나가는 시간 속 사물들을 멈춰 세워 창조적인 계기로 삼기 위해 노력했던, 그 순간순간의 작은 결과물이라고 할 수 있는 새로운 감각의 創出인 디카 시집을 비로소 上梓하게 되어 기쁘다.

2019년 5월 三角山 寓居에서
강만수

▶ 차례

시인의 말 … 4

1부

2부

3부

4부

1

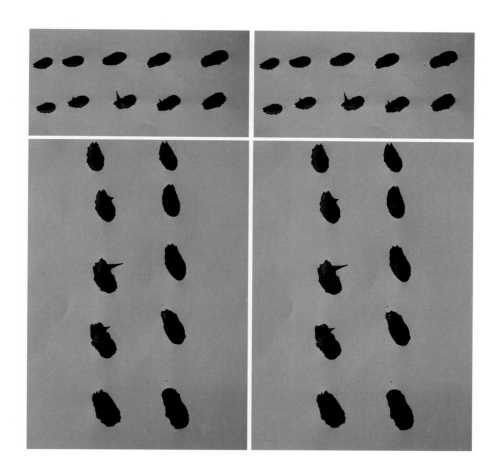

순간이동

수북하게 쌓인 눈 밟고 걸음을 재촉하면
앞에 가는 낯익은 이

눈 깜짝할 사이에 시간을 앞서간
바로 나였다

行禪

아버지 다섯 개 발가락 그 발톱을 깎아드리려니
아들 녀석이 제가 깎아드릴게요 하기에
손톱깎이를 건넸다

그래 조심조심 할아버지 발톱부터
먼저 깎아드려라 그 두꺼운 발톱을

삼대는 발톱이 두껍다

舌禍

누군가에게 말실수를 하게 되면
중국 여행 때 북적이는 식당에서 본
사기그릇처럼 이빨이 깨질 수 있다
말은 늘 줄이는 것이 좋다

Cafe 2671237

짙푸른 바다가 들고 일어나 허공에 떠 있는
현실적인 것과 초현실적인 것에 대해

그는 그곳에 없었다. 그곳 건물 내 카페에도 없었다,
카페는 없다 그 자리엔 건물도 없었다

누군가 막연하게 건물과 카페를
26시 71분에서 723분까지 생각했을 뿐이다

365코너

365코너 이용안내

운영시간 : 24시간

시간 자동인출기

시간 은행을 부지런히 찾아다녔다
그러던 어느 날 집 앞 편의점에서 본
우주나라 외계인 은행 출장소에서
한시적으로 은밀히 운영한다는
시간 자동인출기
영생은행은 바로 내 옆에 있었다

경고

누구든지 무엇이든
벽에 아무것도 붙이지 마시오

벽에 붙이면?
그 벽에 붙이면 안 되는 건지

벽에 붙이면 어떻게 하실 건가?

사랑

해바라기 노란 그 빛에 눈이 멀었다
태양이 일순간 캄캄하다
당신 앞에선 그 모든 것들이
빛을 잃게 된다
나 또한 당신으로 인해 그렇다

우체통

네 안에
나를 밀어 넣었다
넣는 순간 천길 단애로
급작스럽게 떨어져 내렸다

白猫

흰 고양이 꿈틀거리는
긴 꼬리 끝은

목련 꽃 송이송이
그 꽃잎을 닮았다

강남세탁소

세탁소에 오리털 점퍼를 맡겼다
얼마나 걸릴까요?

사흘 뒤 오전에 오세요

궁

누가 내 꿈속에 그 궁전들과
끝이 날 것 같지 않은 긴 담장을
그곳에 지은 건지 나는 알 수가 없다
500년 전 궁은 그곳에 있었다
그러나 지금 나는 현재를 살고 있다

사랑의 그늘

칼이 칼을 먹었다
칼을 사랑하는 칼이
칼날을 삼켰다
먹고 있다 먹히고 있다

청운각

중국집에서 삼선자장면 말아 올리다

단무지를 씹은 순간

반달이 내 안으로 쑤욱 들어왔다

서늘하고도 뜨겁게

그날 나는 씹었다 아삭아삭한 노란 달

獨處

똥을 누다 똥구멍도 피곤하다
이제 그만 그 행위들을
벽에 긁힌 못 자국처럼 쉬게 하자
지금 이 순간 너무도 지친 연유로
혼자 사는 건 늘 그렇다

마음 무늬

꼭뒤를 더듬는 서늘함에
엄지손톱을 깨물다
인지손가락을 나도 모르게 물게 되는
복잡한 이 심사는 어디에서 오는 걸까
미열처럼 다가선 불안감도

땡 처리

상품엔 저마다 가격이 있음에
거품이 끼지 않을 수 없다
유명브랜드 상설 할인매장이 없는 곳은
이 땅 어느 곳에도 없다
왜? 재고처리를 하는 까닭에
가끔은 삶도 땡 처리를 해야 하는 걸까

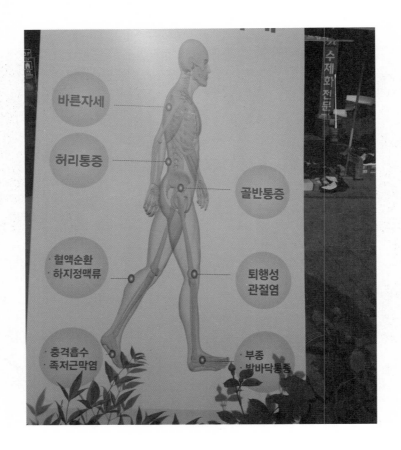

인간해부

늦은 오후에 햇살이 비껴들던
유리창은 얼마나 투명하던지
시커먼 내 창자까지 비추는 것 같아
그곳에 메스를 들고 싶었다

가해자와 피해자

망치를 들고
누군가의 머리통을 깨뜨린 것과
누군가의 망치에 맞아
대가리가 깨진 차이?

어떤 연극

떠도는 입소문처럼
나는 자극적인 재미를 원하지 않았다
콘텐츠라고 하는 건
역시 소수의 천재들만이 만들 수 있는 걸까
무대 위 맨발의 남자와 여자로 인해
입맛이 씁쓸했다

장미와 고양이

그림자가 장미를 먹었다
고양이도 잡아먹었다
장미와 그림자 그 사이
고양이와 그림자 사이엔
어떤 잔인함이 배어 있다
낯설다고 할까

41

2월

걷고 또 걸어 들어가도
오직 눈밖에 보이지 않는
길 위에 거친 숨소릴 토해내며
밤재를 넘어 구례를 향해
華嚴寺 가는 길

백색 식탁

식탁 위 빨간 접시에 올려놓은
토마토가 생각나
문득 집에 가고 싶었다
집으로 돌아가야 했다
모퉁이를 돌아 미림 정육점을 지나
이제 곧 집이다

개기월식

그는 누구이며 그를 생각하는
또 다른 그는 누구인지 알 수 없는
전혀 모르는 누군가를 생각하는
그림자에 가려진
그 누구는 누구인가
붉은 달이 얼굴을 내미는 이 밤에

졸음

그저 긴 장마와 함께 온
여름이 지나가기를
과도를 들고 사과 껍질을 벗기며
삶의 한 테두리가 무리 없이 풀리기를
노곤한 졸음 속에서
땀을 줄줄 흘리며 기다렸다

日沒

세숫대야를 앞에 놓고 손발을 씻다
지는 해를 바라봤다

순간 붉은 해가
내 가슴속으로 들어왔다

뜨거운 불덩이가

경광등

누군가 내뱉은 몇 마디 말에
표정을 감추지 못해
그물에 사로잡힌 물고기처럼
눈알을 끔벅끔벅 거린다.

물음표 뒤

물음표 뒤 서 있는 여자
그들은 항상 뒤에서 웃는다
웃고 있는 그 얼굴은
어떤 모습일까 그 뒤로 들어가
마침표를 찍은 뒤
정체를 확인하고 싶은 밤이다

고추잠자리

나뭇가지 위 앉아 졸고 있는
고추잠자리 한 마리
꿈속에서
또 다른 꿈을 꾸고 있는 걸까

파란 우울

푸른빛은 무겁게 다가와
내게 무수히 많은 이야기를 하려고 한다

밤하늘에 우울함을
느낌표로 꽉 채울 만큼

우우우우 우울 우울 우울해

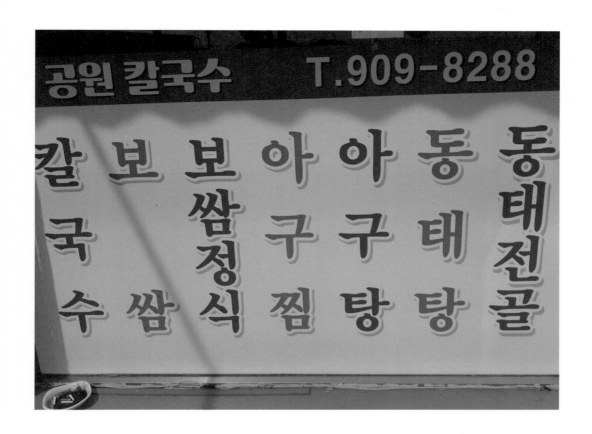

冬至

시원한 동태 탕을 목구멍으로 넘기다
동태가 된 기분이다

2

웃음

ㅋㅋㅋㅋㅋㅋㅋㅋㅋㅋㅋㅋㅋㅋㅋㅋㅋㅋ
ㅋㅋㅍㅍㅍㅍㅍㅍㅍㅍㅍㅍㅍㅍㅍㅍㅍㅍ
ㅋㅋㅋㅋㅋㅋㅋㅋㅋㅋㅋㅋㅋㅋㅋㅋㅋㅋ
ㅍㅍㅍㅍㅍㅍㅍㅍㅍㅍㅍㅍㅍㅍㅍㅍㅍ
ㅋㅋㅋㅋㅋㅋㅋㅋㅋㅋㅋㅋㅋㅋㅋㅋㅋ
ㅍㅍㅍㅍㅍㅍㅍㅍㅍㅍㅍㅍㅍㅍㅍㅍㅍ
ㅋㅋㅋㅋㅋㅋㅋㅋㅋㅋㅋㅋㅋㅋㅋㅋㅋㅋ
ㅍㅍㅍㅍㅍㅍㅍㅍㅍㅍㅍㅍㅍㅍㅍㅍㅍ
ㅋㅋㅋㅋㅋㅋㅋㅋㅋㅋㅋㅋㅋㅋㅋㅋㅋㅋ
ㅍㅍㅍㅍㅍㅍㅍㅍㅍㅍㅍㅍㅍㅍㅍㅍㅍㅍ
ㅎㅎㅎㅎㅎㅎㅎㅎㅎㅎㅎㅎㅎㅎㅎㅎㅎㅎ
ㅎㅎㅎㅎㅎㅎㅎㅎㅎㅎㅎㅎㅎㅎㅎㅎㅎㅎ
ㅎㅎㅎㅎㅎㅎㅎㅎㅎㅎㅎㅎㅎㅎㅎㅎㅎㅎ

화이트아웃

ㄱ이 나타났다 ㄴ은 사라졌다 ㄷ이 나타났다 ㄹ이 사라졌다
A가 나타났다 B는 사라졌다 C가 나타났다 D가 사라졌다

ㄱㄱㄱㄱㄱㄱㄱㄱㄱㄱㄱㄱㄱㄱㄱㄱㄱㄱㄱㄱㄱㄱㄱㄱㄱㄱㄱㄱ
ㄴㄴㄴㄴㄴㄴㄴㄴㄴㄴㄴㄴㄴㄴㄴㄴㄴㄴㄴㄴㄴㄴㄴㄴㄴㄴㄴㄴ
ㄷㄷㄷㄷㄷㄷㄷㄷㄷㄷㄷㄷㄷㄷㄷㄷㄷㄷㄷㄷㄷㄷㄷㄷㄷㄷㄷㄷ
ㄹㄹㄹㄹㄹㄹㄹㄹㄹㄹㄹㄹㄹㄹㄹㄹㄹㄹㄹㄹㄹㄹㄹㄹㄹㄹㄹㄹ

AAAAAAAAAAAAAAAAAAAAAAAAAAAAAAAAAAAAAAAAA
BBBBBBBBBBBBBBBBBBBBBBBBBBBBBBBBBBBBBBBBB
CCCCCCCCCCCCCCCCCCCCCCCCCCCCCCCCCCCCCCCCC
DDDDDDDDDDDDDDDDDDDDDDDDDDDDDDDDDDDDDDDDD

ㅁ이 나타났다 ㅁㅁㅁㅁㅁㅁㅁㅁㅁㅁㅁㅁㅁㅁㅁㅁㅁㅁ
ㅂ이 사라졌다 ㅂㅂㅂㅂㅂㅂㅂㅂㅂㅂㅂㅂㅂㅂㅂㅂㅂㅂ

대지 위 난반사 된 빛은 깜박이며 나타났다 일순간 사라진다
ㅅㅅㅅㅅㅅㅅㅅㅅㅅㅅㅅㅅㅅㅅㅅㅅㅅㅅㅅㅅㅅㅅㅅㅅ
순백의 눈밭에 의문부호를 남긴 채 ??????????????????????????

난해한 시

네 머릿속에선
수를 셀 수도 없는 생각들이 있다
ㅊㅊㅊㅊㅊ
십칠억 팔천팔백 두 마리 꿈틀거린다
ㅏ ㅓ ㅗ ㅡ ㅑ가 흩어져 살고 있다
ㅍㅍㅍㅍㅍ ㅋㅋㅋㅋㅋㅋㅋㅋ

대치

네 안으로 환한 빛이 들어왔다
그는 오랜 시간 서 있었지만
너는 그곳에 없었다
아니 있다 있었다 아니 없다
그곳에 없었다
너는 빛과 대치 중인 걸까

포도송이

거봉을 깨물다 먹그늘나비
청포도를 깨물다 뿔이 긴 사슴 한 마리

달콤한 포도 알을 깨물다
네 가슴속 숨기고 싶은 형상들을

나비잠자리 수컷 비행에서 찾았다

연초록 행성에서 온 요리사

파랑으로 인해 속을 끓이다
날씬하지 않은 뚱뚱한 색깔들로 인해
미각을 잃고 슬펐다
그는 언제 다시 빨주노초파남보 빛깔을
식재료로 삼아
14평 공간에 조리기구들을 살뜰히 갖춰놓은
주방에 다시 설 수 있을까

거울

사무실에서 거울을 들여다보며
실내에 홀로 서 있다
거울 속 투명한 빛에 빠진 걸까
나는 그곳에서 허우적거리는
나 자신을 건져 올려야만 했다

예술

부족하다 또한 부족하다
모자라고 또 모자라다

부족하다 또 또 부족하다 부족한
매우 모자라다 모자라다고 생각했다

역부족이다 그렇다 너무나도 모자란
채울 수 없는 행위

냄새

냉장고 문을 열었다
이 냄새는 무슨 냄새
시체 썩는 냄새
아니 두 달 전 담아놓고
먹지 않은 김치 냄새
뒤로 넘어갈 것 같았지만
그냥 받아들일 수밖에 없었다.

엘헤어

굿 타임 할인마트에 들어가
신라면 2개를 샀다
그곳은 엘헤어 옆에 있다
비타민 텔레콤 뒤
네가 서 있던 그 시간에
11월 21일은 구죽죽
비가 내렸다

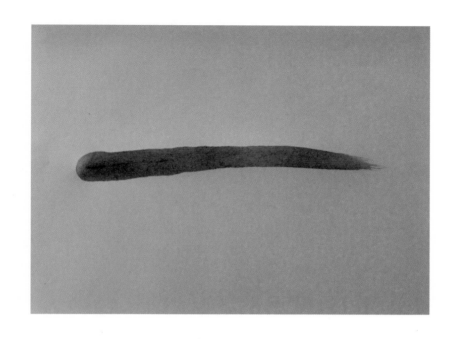

퍼스트 맨

뿌우연 달 표면을 응시하는 눈빛엔
달과 함께한 긴 시간이 있다
그 시간의 결을 거슬러 올라가
느껴본다 처음 발을 디딘 순간을

비둘기

죽이고 싶은 죽일 것 같은
회색비둘기 검정비둘기 흰색비둘기

죽이자 구　구우　구 구　구구
정말로 죽이고 말 것 같은 비둘기 떼

하지만 생명은 소중한 것
함께 살 방법을 찾아야 한다

사이

사이에는 사이와
사유라는 사이가 있다

블랙 룸

늪 같은 빠져나올 수 없는
방은 방방 방 방 뛰어도 밖으로 나갈 수 없는

닭장 같은 방 안에 그와 나 우리 모두는 갇혀 있다
어디선가 전화벨이 울리고 있다

누군가 환하게 불 밝힌 채
구원의 키를 들고 방을 향해 오고 있는 걸까

구급센터

인생엔 빨간 불이 켜지는 순간이 있다
그 불빛 앞에서는 멈춰야만 한다

그러나 멈출 줄 모르고
벼랑을 향해 달려 나가는 삶도 있다

그렇게 삶을 끝내는 이들을 봤다
내 안에도 있다 불쑥 튀어 나오는 그

검정단추

새카만 단추를 재킷에 달다
바늘에 손가락이 찔려
알사탕을 빨아 먹을 때처럼
피가 멈출 때까지 쪽쪽
입에 물고 빨았다
아무도 없는 방바닥에 앉아
열두 살 때 일이다

서비스센터

오늘도 고개 숙일 일을 만들지 않기 위해 노력한다
하지만 머리 숙일 일이 또 생긴 걸까
사무실에서 벨소리가 불이 날 정도로 울려 퍼지고 있다
고개 숙여야할 일이라면 피하지 말고 숙이자
허리를 굽혀 예를 갖추자 머리를 숙일 고객 앞에서
가파른 고개를 넘기 위해선 반드시 고개 숙여야 한다

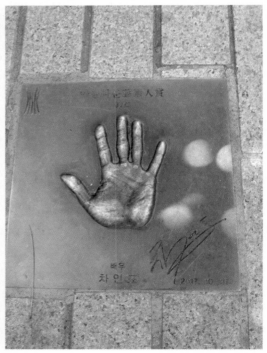

명보극장

그립다 그리운 지나간 배우들 이름을
지금 이 순간 나는 부르고 싶다

열한 시 삼십 분

몇 마리 고양이들 쓰레기봉투에 주둥이를 들이미는
열한 시 삼십 분쯤 골목길은 전등 불빛 아래 스산하다
하루도 빠짐없이 다니는 길인데도 왠지 불안하다
내 앞에서 느닷없이 전파상 간판 옆 내리꽂힌
석영색 벽돌 집 담벼락 그 중간에 걸린 섬광으로 인해
급하게 스마트 폰을 들었다 남동생을 불러내기 위해

새장

새를 날려 보냈다
그런 뒤 귀곡성 닮은 목소리를 새장에 넣었다

그 안에는
계명성 혹은 두견성인지 알 수 없는 아우성

그곳은 적막하다

햇살 피아노

프프 프 프 프프 프프 웃는
v v S S로 수면 위 퍼지는

iii로 정신없이 마구 꽂히는 빛살
누군가 봄볕을 끌어 모아

햇살피아노 건반을
강심 위에서 두드리고 있다

감자

입 안에 넣고 씹게 되면
달다 입천장에 와 닿는 거부할 수 없는
그 어떤 맛도 이 맛은 넘어설 수 없어
이와 혀 입천장에서 목구멍까지
오늘은 맛에 익사할 것 같은 황홀한 날

불청객

누군가 밖에서
문을 거칠게 잡아채는 이 있다
그에게 문을 열어줘야만 하나
나는 그날 이렇게 뇌까렸다
녀석에겐 대문을 열어줄 생각이 없다고
바람이 드세다

다른 나라 식물원

긴 혓바닥을 날름이며 무한천공을 핥으면
신선하지도 생동감이 느껴지지도 않는
꽃과 나무들 숨 쉬는 소리로 인해
혓바닥은 캄캄하고 슬픔에 겨워
이 자리를 과감히 벗어나고 싶다
그곳을 바로 뚫고 나갈 기세다

스마트폰

스마트폰은 모든 걸 앗아가는 걸까
강한 중독성을 지닌 기계에
잠시잠깐도 눈을 떼지 못하는 인간들에게
오늘도 **빨대를** 꽂고
그들의 귀중한 시간을 뺏고 있는
스마트폰은 또 다른 흡혈귀

19101930194019502000

1960년대 달빛이 교교하다
1970년대 창틀이 흔들린다
1980년대 바람이 불고 있다
1990년대 집을 지었다
2000년대
또다시 시작이다 역사는 반복이다

미림갤러리

화폭 위 찍어놓은
무당벌레 등처럼 고혹적인
쇼윈도 앞 멍하게 서 있는
여인 뒷모습을 바라보다
파랑색 원피스 물방울에 빠졌다

별빛수도원

먼 인연처럼
별 하나 별 둘 별 다섯
낯가림이 심한 별들이
하품을 쉬며 내려오고 있다
모두 잠든 시간에

9월

묘지 속 묘비명을 빼닮은
들리지 않는 사내의 목소리처럼

햇볕에 그을린 9월이 지나가고 있다

暴雨

살수차를 대기 시켜 놓은 걸까
! ! ! ! ! ! ! ! ! ! ! ! 빗줄기

8월

민소매 아래 짓무른 살처럼
시간은 오장육부도 물러지게 한다

3

욕망

손 안에 들어올 듯
손에 잡히지 않는

가슴속 치미는 뜨거움

風磬

저렇게 제 몸을 마구 흔들어서
그리운 이가 찾아오게 하려는 걸까

이팝나무

미래를 향해
1초에 열두 번씩
아니 일백이십 번씩
펑 펑 펑 펑 펑 펑 펑
일만 이천 번일까
으음 으 셀 수도 없이
터진다 터지고 있다

오후

어항 속 금붕어를 뜰채로 떠올렸다
삶이란 파닥임을 느껴보기 위해

장막

울림도 없고
흰 그저 새하얀
그곳엔 깊은 적막과
외로움만 있다

05시

내 방 침대 위로
은박지를 접었다 편 것처럼
빛이 들어오고 있다

餘音

눈이 큰 잉어
말랑말랑한 그 입술처럼

씰룩씰룩 움직이는 눈

精靈

보일지 안 보일지 알 수 없는
어제 그 시간에도 보이지 않았던
그러다 오늘은 보인다
오후 시간엔 선명하게 드러난
네 안에 핀 노랗다 노란 민들레

빵

비닐 커버를 뜯어낸 뒤
房에서 빵을 천천히 씹어 먹었다
그날은 몇 마리 쥐들이
길가에서 처참하게 죽은 날이다

미용사

자르고 있다
앞으로도 자를 것이다

가위를 들고
그에게 주어진 지루한 시간을

그는 잘라내고 있다

킬힐

킬힐 신고
또각이며 걸어가는

저 여자 발뒤꿈치
그 발목을 깨물고 싶다

칵, 그냥
죽여주는, 저기 저

어떤 사내

휘파람 소리 네 머리뼈를 뚫고 지나갔다
그 소리들은 돌아오지 않는다
한 번 지나간 건 되돌릴 수 없다
그렇게 그는 그곳에 骸骨로 남았다
4000년 전 일이다

表情術

내일 모레쯤이면 볼 수 있을 건지
기다려보기로 한다

평생을 고대해도 판별될 것 같지 않은
그녀의 민낯

여자 역시 도대체 갈피를 잡을 수 없다고
한 남자 생얼 變臉의 대가다

붕어빵

붕어빵에서 봤다 대량생산을 통한
복제품에는 특별한 개성이 없음을
틀에서 구운 빵은 생각 없이
그냥 맛있게 먹으면 된다.

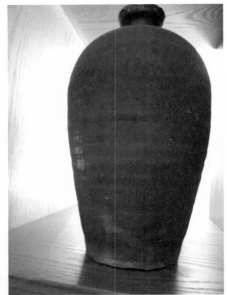

관능

네게 눈길을 주면
붉은 빛은 너와 나를 미치게 한다

우리들 모두 그렇다고 했다
피할 수 없다

시 콘서트

잘 모르겠다 그날은 오지 않는 시를 갖고
역시 시가 들어섰다고 할 수 없는 공간에서
시를 가슴속 깊이 받아들여
진정으로 느끼며 호흡하고 싶어하는 이들과
四有를 무대로 불러내 함께 놀았다

동해

제 몸 구석구석 묵은 때를 밀고 있다
그렇게 푸른빛을 유지하고 있다

방랑자

그 누구와도 섞이지 못한 채
늘 혼자였다 그런 까닭에

길 위에서 떠돌 수밖에 없었다
절대고독을 즐기기 위해

지금도 그는 길 위에 있다

연주자

안방에다 세숫대야 받쳐 놓고
세계지도가 그려진 천장을
누워서 바라본다.
양철 지붕 위를 세차게 뚜당기던
드럼 연주자 같은 비

蓮花

탁한 것과 말을 섞지 말고
눈빛도 교환하지 말고
본성대로 살자
저 연못에 핀 연꽃처럼

避難

누구나에게 주어진 24시간을 피해
지금 이 순간부터
모든 시간이 정지된 상태에서
시간에 구속 되지 않는
생을 영위 할 수는 없는 걸까

삼양시장

북적이는 사람 속에서
사람 마음을 읽을 수 있는

현자는 보이지 않는다
한낮에 등이라도 들고
서 있어야 하는 걸까

깊은 강

강을 잊었다 흘려보냈음에
잊었다 생각했던
자작자작 빛을 쪼는 새와 함께
잊었다 생각한 저 강의 푸른 빛
그 곳에 있었음을
잊었다 생각한 저 깊은 강

빨래판

세탁기에 밀려서
내팽개쳐진 빨래판

버려진 애완견 같다

비책

동전을 넣게 되면
자판기 속에서 컵이 튕겨져 나오듯

기업가에겐 무언가 있다
살아남기 위한 방법이

©김영식

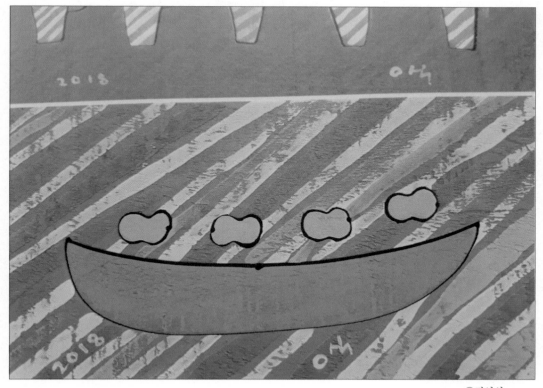

응시

벽에 걸린 그림을
관람객들은 보고 있다
벽이 뚫어질 것처럼 벽이 뚫릴 때까지

나는 응시할 것이다
매의 눈으로
살펴보게 될 것이다 앞으로도 쭈욱

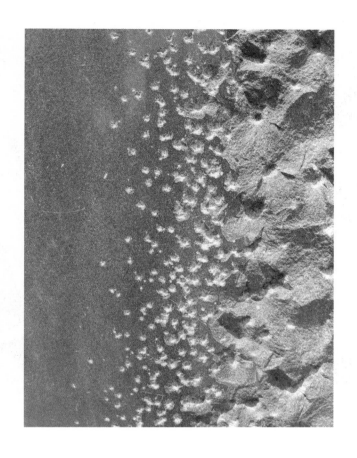

미시적인 것들

가지에 비친 그림자들을
그와 내가 함께 봤지만

그날은 각기 다른 모습의 미루나무들
다시 보게 된다면 어떤 감흥일까

나약한 봄

손에 쥐게 되면 바스러지는 까닭에
은빛 향과 금빛 향을 잡을 수 없다
4월 4월 4월 4월 4월 4월 4월 4월에서
5월 5월 5월 5월 5월 5월 5월 5월로
세상은 은빛 가루와 금빛 가루
그 향으로 가득 차 있다

게르니카

밤마다 술집 게르니카에서
입술과 꽃술에 빠져 지냈다

그러다 어느 순간 벗어나고 싶었다
입술과 꽃술 그 깊은 늪으로부터

허무함을 견딜 방법을 찾기 위해

이방인

수많은 오토바이가 지나다니는 하노이에서
길가 찻집에 앉아 있다

이제 나는 어디로 가야 하는 걸까

4

직장

한 번 올라 타게 되면
내려야만 하는 버스와 같은 것

개나리

하늘하늘 긴 가지 끝
넘을 수 없는 선 넘어

햇볕과 간통한

하늘에서 쏟아져 내린
별과 닮아 있는 꽃

포식자

그 집에 살았던 사람들과
과거 흔적마저도
모두 잡아먹은 걸까

까부순 흉흉한 집터 앞에서
지나간 시간이란 그림은
도대체 그릴 수가 없었다.

천상의 집

시원한 바람과 찬물 한 대접으로
긴 노동 끝 땀 흘린 갈증을 털어낸 뒤

무거운 고단함 내려놓고 쉴 수 있었던
세 칸 방 방 한 칸

휘경동 그 집

건망증

어디로 갔을까
어디에 있는 걸까?

세 발 자전거

갓 잡아 올린 갈치 그 은빛 퍼덕임처럼
아니 햇살보다도 눈부신 바퀴살이 번득인다

황금빛 자전거 안장에 앉아 페달을 밟고 있는
시간으로부터 자유롭던 아이

4차 산업시대

어제는 로봇들 움직임을 지켜봤다
그것들은 쉼 없이 자신에게 주어진 일을 한다

앞으로 인간들 일자리는 어디에서 찾을까

곰팡이

아 황홀하게
푸르른 저 곰팡이의

습한 자유로
살다가 떠나고 싶다

사과

사과와 복숭아 포도 사이엔
무엇이 있을까

사과와 복숭아 포도 사이엔
'와가' 있다

아름다운 것들

그리스 조각상인 쿠로스와
밀로의 비너스를 화집으로 봤다
어느 순간 칼이 돼 심장을 찌르는
그것들은 나를 항상 긴장 하게 한다

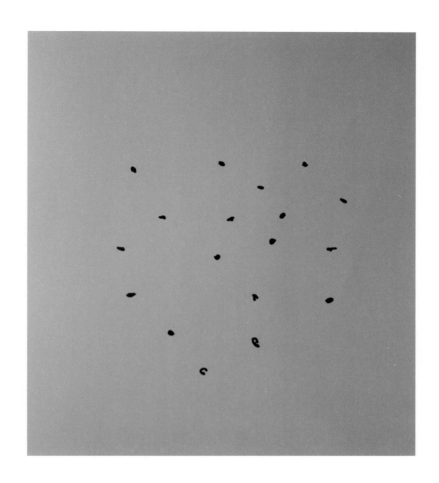

존재이유

일백 조에서
일천조 광년이 흐른다고 하여도
살아남아서 끝을 보리라
그래 모두 다 사라진 뒤에라도
진정한 사유를 위해
시공간상에서 영원한 자유를 얻으리

하이에나

시간은 채깍채깍
이 땅 위

그 모든 것을 먹어 치우는
이빨 없는 하이에나다

老眼

개밥천국 아니아니 김밥천국
개밥보쌈 아니아니 개성보쌈
식단과 관계없이 아침밥 먹겠다고
골목길 헤매고 다닌다, 다니고 있다

밥을 위해

話頭

깨달음에 이를 수 있는 길이라면
부처라도 과감하게 베고 나가자

눈에 보이는 맹목적인 허상들
그래 저 앞에서 걸어오는

義湘과 元曉의 목이라도 베고 가자

컵

컵은 살아 있다 종이컵도 살아 있고
컵은 살아 있다 유리컵도 살아 있네

물 마시는 그대 입술에 붙은 종이컵
물 마시는 그녀 입술에 붙은 유리컵

그와 그녀 입술에 붙어 컵은 살아 있다
지금은 끊어버린 담배도 그랬다

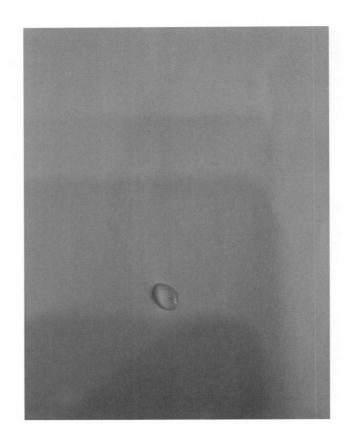

섬

섬에서 잡히지 않는 건
욕망이요

잡히는 건 허망한 바람이라더니
무인도에는 끼룩 끼 끼룩

길 잃은 갈매기뿐이다.

불안증

무겁게 굴러갈 것 같은
불쑥 배가 나온
임산부 같은 달
저 둥근달을 끌어내리다
나자빠질 것 같은
환한 밤이다

아름다운 지느러미

물이 간 생선만도 못한
물이 간 생선 한 마리도 못사는

그러나 쓴다 쓰고 또 쓴다

바다 저 광활한 바다에서
펄떡이던 기억을 되살리려

날밤 새가며 쓴다 안 팔리는 詩

낙원상가

벤치에 노인 몇 사람이
멍하니 앉아 있다
그 모습이 쥐를 닮았다
아니 쥐보다도 더 궁해 보였다
낙원은 어디에 있는 걸까
낙원상가에서
낙원을 찾아 헤맸다

황학동 시장

과거와 현재를 버무린
빗방울은 자신의 손가락을 움직여

길바닥에 조각칼을 대고 있다
헌책과 헌옷 헌 구두와

오래 된 만년필을 곁에 둔 채
누군가 내다버린 시간에 줄을 긋고 있다

눈알

눈으로 맑은 눈을 본다
파란눈알로 파랑을
검정눈알로 검정을
눈으로 사물을 본다
눈을 통해
마음속 깊은 곳까지 들여다본다

悲曲

나는 쓸쓸하다
나는 서글프다
나는 우울하다
오늘 아침엔

소금창고

맨발에 피 흘리듯
가시에 눈 찔리듯

서해안을 걸었다
그 어디쯤이었을까

지금은 모두 사라진
그 많던 소금창고

완고한 그늘

나는 철학자 뒤에서 배경이 된다
철학을 알지도 못한 채

늘 뒤에서 서성이는
아웃사이더로

바람

무수히 찔리고 또 상처를 받아도
말이 없고 반응도 없는

저 바람은 어디에서 오는 걸까

바람에게 바람이 오는 길을 묻고 싶다
네 바람을 모른다고 외면하는 바람에게

미묘하다

염소꼬리를 밟았다
밟는 순간
찌릿하다고 느끼지만
밟히는 건
밟는 자와 밟히는 차이
그 느낌이 어떨까
기다려보기로 했다

모놀로그

무대 위에서 대사를 웅얼거리다

벌써 오월인가
내 의식의 흐름은 사월이건만

나는 지나간 시간들을 일순간에 봤다

밥

옥탑 방에서
지는 해를 바라보다

시붉은 해에
쿵 쿵 쿵
쿡

心Cook해
저녁밥을 먹었다